詩集 波濤

中西 衛

Nakanishi Mamoru

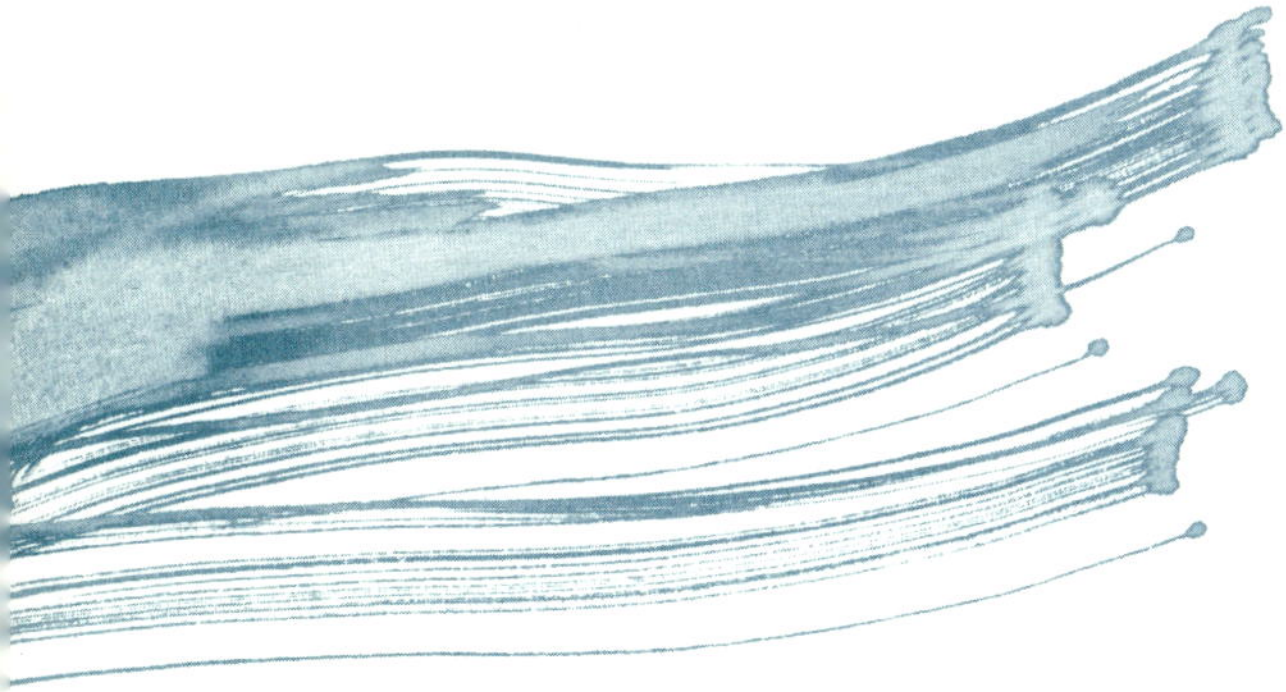

竹林館

詩集　波濤　目次

春

影

出自

波濤

憂愁

春

マスカット・オブ・アレキサンドリア

あなたは去っていった
数多の花を散らして

これからは果実を食べる季節
サクランボ　水蜜桃を食べおわると
マスカットが食卓にあらわれる
わたしは貴女を忘れてはいない
あなたの口紅は艶々とひかり
あなたの瞳は水晶のようにかがやく
濃厚な初夏

丸くふくらんだふくよかな肢体に

身をつつんでいるのは
淡い黄みどりの花柄のワンピースである
甘く　まろやかな微笑みと
熟成した果実の
ひと粒　ひと粒を口にする
天井から
流れ流れてきた数奇な物語の
音楽に　心地よく
わたしは暫し睡魔におちていく

春

駐在所の警官の拳銃が暴発
自殺か？

反乱
日本列島へ　何十億トンもの雨が降る

ひたひたと伝わってくるのは
猫の足のうらの冷気
赤い舌

春いちばんの花

木瓜
棘が
幾重にもかさなり
花びらは赤く　くすんで
花の芯を開けなければならなかった
浮世絵をひもとく
衝動にかられ

ウェーブ

わたしの好きなのは
初夏の風
走る特急電車の
窓に飛び込んでくる映像

取り入れまえの
ひろびろとした麦畠のうえを
さっそうと吹き抜けていく一陣の風
幾重にもかさなって
靡く麦の穂
横に　斜めに

靡いては押しかえし
たくみにウェーブする

電車の中であることを忘れ
ひとしずくの無限を
癒してくれる初夏の風
さわやかに伝わってくる

取り入れまえの麦畠
そのさきに
ホップの利いた
ほろ苦いビールの味
店頭で買ってきたクッキー
窓のむこうの　見知らぬ街
車窓の景色

あるときは
行きずりの
職業婦人の
すてきにウェーブする
女性の髪形をそっと撫でたりして

彼岸

お寺
幾万の経　幾万の道
坊さんの説教ながびく
煩悩かかえて帰路につく夕暮れ
坊主ぼうず
葱ぼうず
首を切られて　ああ無情
茎も引かれて種になるか　ならぬか
おぼろ月夜に
野原草花ありもうす
なぜか　ひとり念仏でてくる

夏草しげり
虫けらうごめく
しこしこ鎌を研ぐ
刈り取っても　刈り取っても
草しげる
草にも怨念があり
幾重にも地下で茎つながり

刈り取って干し草を積む
ワァワァと命かぎりに鳴く蟬あれば
寂しげにカナカナと鳴く蟬あり
それぞれの来し方
蟷螂の斧できりくずす
予期せぬ朝があり

すすき穂をだす
ひがんばな咲きだす
彼岸法要
南無阿弥陀仏

鷺

ぴたりと止まった風速計
はりつめた水面を
スプーンでかき混ぜる
かすかな　いらだち
水面にうつる棒が二本
風はそよとも動かず
曇天
ながい嘴は下方を向いて動かない
やがて水面にさざ波がたって
小さな虫が水面のうえを走った

なまぐさい臭い
瞬時におきる静と動
ひきおきる胸騒ぎ
からめ捕り　ひきちぎり
一瞬の血なまぐさい決別がおわって
背負っていた風景を
ゆすりおとすと
遠い空へと飛んで行った

あすは晴れ
侯鳥の群れ

百日紅

ながい日照りが足早に駆けていく
きのう眼科医から
右目の上部緑内障の宣告
疲れ目を休め　ひがな一日
到着予定のない郵便物を待つ

薄紅色が風になびき
晴れ着すがたで
うつくしく華やいでいましたが
一陣の風にあえなく散りました
萼だけになったみすぼらしい姿態

一雨ほしいと願っていたのに
湿舌どっと跳ね上がり
家壊され　道路流され
怒りとおりすぎて放心状態
天地のなすこと何ごとも大げさ
雨降りやまず

変わり者はいつもこうおもう
この頃なにごとも
高低差がありすぎて棲みにくい
帰るところがあるものはいい
煩悩をくわえてどこへいく
日日これ何なす術もなく
先へさきへと季節はすすむが

なぜかむなしい
人との触れ合いがむなしい
ささくれゆく百日紅がかなしい

日いちにち鷲鷹類幾百羽
中空はるか前方をめざし
鎖を引きずるように長くほそく
日本列島を群をなして南下する

木犀

マンションの五階から降りてくる
いつものあの人の
エレベーターの中には
鼻をつくような香水の匂いがする

中年女のはじけるような匂い
なにかこう
ひそかに
男心をくすぶらす
澄みきったそらのもと
燃えるような情意は禁物だ

さきほど通ってきた
白い塀のしたでは
壊れた金のネックレスの破片が
点点とこぼれていた
あの匂い・・・

わたしの脳裏を切ないものが
とおり過ぎていった

雨

雨で瓶のなかの琥珀が
潤んで見える

卓上の洋酒にこころときめいて
情緒が揺れ　すでにたたかっている

流れ出てきたのはあなたの
生からにじみ出た液体

外は雨
揺れているのはアンブレラ

アンブレラは雨に咲いて

秋

静かな　静かな朝

洛北の古刹
紅葉した樹の葉が音もたてずに落ちる
田には黄金色の輝きが消えて
庭ではかん高く
シシオドシの鳴る音がして
空高く
モズの声

寺の裏門から若い僧が托鉢に出る

遠い男の・・・

雪の降る　ある朝
白狐が
山から降りてきて
道路を横断し
向こう側へとわたっていった
長々と尾を引きずりながら
それから
前を歩いていた
男の肩にひょいと飛び乗ると
いつのまにか姿を消した

先を行く
女の首に巻きついていたような
女の首に巻きついていたことなど
　あろうはずがない
あれは男が踏み越えてきた
遠い日々の
錯覚であったか――
いつまでも　いつまでも
黙って見ていた

影

雑草のびる

夕闇がせまってくる
公園の椅子に腰かけていた老人は
いつまでも立ち上がろうとしなかった
ながい航海から
帰ってきたとでも言いたげに
遠くを眺めているようだった

ながい沈黙
目の前を
ふいに黒猫が
走りぬけていったようだ

金いろにひかる黒猫の目
その目は鋭く
なにかを窺っているようにみえた
猫は思慮深げな顔をして
じいっとこちらを見ていたが
やがて姿を消した

黒猫の目のような
金いろに輝いた時期もあったか
黄ばんでしまった職業渡世
抗い　もがき苦しんだ
遠い記憶の底にしずんでしまった陰影
寄る辺なき時代へと
ながい放射をはなって
早春の陽が

しずんでいく

大根や水菜などの蔬菜類は
いっせいに花を咲かすだろう
虫けら這い出し
雑草のびる

罪業

燃えたぎる太陽を
ひがな一日
追いかけ
追いかけ

地上でえんえんと
顔を焼かれ
立ち尽くす
それでもめげずに
小学校の校庭に花咲く向日葵
それが

どうだと言うのだ

ながい時間のはてに
背負いきれぬものや
ふかく沈殿する希望や鎮魂
愛する女へのやさしい祈りや
わんぱく坊主のねがいは
はるかな天に
とどいただろうか

陽に融けた記憶や
夏へのおもいは
なお尽きず
目を閉じると
どんよりとした秋空に

重く暗く伸し掛かり
いま向日葵は
よれよれに腰折れ
うなだれて
膝をつく

影

寝覚める寸前
眼をこすりながら
なにかを掴んでいる
と確信するが
気付くといつのまにか
掌からするりと逃げている
よたよたの
蚊　蠅のたぐいから
赤提灯での酒の酔い
競馬場の歓喜の状況まで

いまは気配だけが
眼の前を過ぎ去っていったような気がする
背後をすりぬけていったもの
追うても
追うても
消えてしまう
集落　山　海
墓標
いやそれら背信がごときもの

影よ
おまえら
なにを捉えているのかと問うても
なにも答えない
さらさらと

宙に舞う風の音だけが
聞こえる

炎天

ぎらぎら
ぎらぎら
炎天に蔓草はのびる
低木に覆いかぶさり
息さえできぬ
うすい紫紅色の可憐な花弁をつけ
上へ上へと
いっしんにのびる
無法者
蔓草　葛

空ますます青く
精気ますます激し
日頃の怨念をはらそうと
川原の石垣を這い
堤防を這い上がる
のびに
のびて
道路を越え
鉄道線路にからみつく
激しい熱波だ
背中を焼かれ
喉は嗄れ

夜も眠れず
喉かきむしり

索然と我
棟獄に身を焼く

あした来る人

薄汚れたガラス窓を越えられず
蜘蛛の巣にかかった蝶を
嘲笑したように手探りおりてくる蜘蛛

主はいつもそうなのだ
見えないところから
忽然と斧をうちおろす

大木はいつか朽ち果てるか
切り倒されねばならぬ
切り倒された樹木にみる年輪のかさなり

倒されることによって
なくなったものの重さがわかる
あのとき
ひっついたり　離れたり
押し合いへしあい
慣れ合ったあのしぐさ
いま隠れていた部分が宝石となって
照らし出され
彼がなにをなそうとして
生きてきたかが分かる
言おうとしてきたかが分かる
また来るがよい
溶けてぐらぐら煮えたぎる溶鉱炉のような
まっ赤な夕陽に照らされて
あした来る人よ

きみがいてこその　われ
おわりあってこその　いのち
ふみつぶしてきた
無数の宝石

ふくろう

当人の知らないところで
何かが起こっていた

突然草むらを冷たい蛇がよこぎっていったのだ
逃げ場のないつらい情景

何かが　がたがたと崩れていって
暗やみの向こう誰かがこちらをじっと見ている

かたいと思っていた鎖がほろほろとほどけて
言いようのない寂しさ

過ぎた言動が重くいつまでも心の中に残って
悔恨は胸ふかく身をゆすぶる

はげしく燃えた秋の落ち葉は
幾重にも積み重なって朽ちてゆく

眼では見えぬわが性
林のなかでほうすけが鳴き

生きとし生けるもの
すべて闇のなかにある

古い頭

とっても軽くて　重い
空気のようで　まったく見えない
わたしにとって
なんなのか答えようがない
計器でも計りようがない
近くにあるみたいなんだが
気にしたこともない
大きすぎるのか
遥かにとおく
春の野原に舞う蝶のように
まぶしいらしい

声かけられても
返答に困る
結構なことでと言うしかない
頭の古いものには
どうしようもなく
布団のように
その上で寝るわけにもいかず
捨てるわけにもいかず
使いきるわけにもいかず
どこにも　持っていきようがない
こればかりは
まったく　お手上げだ

風の正体

そっと戸口に立つと
どこからか秋の気配がする

うなだれた並木の
黄葉が音もなく落ちてゆく朝
自宅の二階で
これといった身よりのない
エアコンの嫌いな爺さんが
ぽっくり死んでいった

長かった暑さを

振り返るかのように
さみしい時間が過ぎ去っていく
さみしいということは
過ぎ去ることなのか
あるいは
過ぎ去ったことなのか
あの雲は
長い航程をたどって
どこまで行くのだろう
行けども　行けども
空は果てしなく

やがて雲は風を起こし
せつない
雨をふらすであろう

行く手も分からぬ旅の終わりに
薄墨の闇がせまってくる

秋天

鮭は海から元の川に戻ってきて　産卵しそして死ぬ　鮭はおのれの運命を知っていて懸命に川を遡ったのか　否　鮭は産卵するまで死を知っていないのだ　産卵の恍惚のなかで死ぬのだ　人も鮭と同じように　子孫を残して死ぬのだが　人にはきまった川がない　川を探しもとめてさまよっているのだ

「私はもう半分死んでいるようなものですから」と言っていた人がいた　「私はじつはもう死んでいるのですよ」と言った人もいる　どちらも明るい声のようだった　自分が死んで　先に死んだ人に会えると言う人もいる　それは死

ではなくて　この世のまる写しではないか　そのような妄
想のなかに　はいれるわけがない

イギリスの登山隊が国威発揚をかけて　エベレスト初登頂
に挑戦をかけた１９２４年　第三次遠征隊の隊員ジョージ
・マロリーが　８０００メートルの頂上近くで遭難した
「そこにそれがあるから」ということばを残して　登山家
にはより困難なそして　そこに生死をかける人にしか　分
からない部分がある

猛き夏が逝き　もうすぐ秋
曼珠沙華が咲きだす
逝きかねて所業の罪かさね
塔のてっぺん　秋天すこやか
　祈らな―

出自

古い都

地方からでてきて
古い都に住みつく
古い土地の言葉をおぼえ
古い土地の考え方をし
小さな幸福をもとめた

気がつけば
いつの間にか
古い人間になっていた
古い都に高いビルが建ち
足の長い人間たちが

古いお寺や　美しい庭園を
物珍しげに
のぞき見したりして歩いた

東山の大文字山に灯がともると
遠いかなたから
ながい戦乱に明け暮れ
家を焼かれ
どっと斃れた
さむらいや町衆の
殺された亡霊たちが
大文字の灯をたよって
足もとをてらし
遠い世界へと歩いて行くのが
ようやく

見えるようになっていた

家に帰ると
仏壇の前で手をあわせ
心の灯を消し
深いねむりについた

出自

雨に降られて樹の影にうずくまり
日暮れて道に迷い
薄あかりの灯火をたよりに道をいそぐ
年月は記憶であり　忘却であった
樹々の蔦蔓にぶらさがり
山猿はからかい「きゃっきゃ」と嗤う
小川で魚をとり
樹の実をひろい　苔を採る
杣道を駆け　尺取り虫とあそび
草をまくらに眠りこける

樵の小屋では

囲炉裏に載るのは大鍋と
山菜のしなじな
柱に掛けた衣類の饐えたにおいがする
私が見ているのは
キセルを叩きながら煙草の灰を落としている
こわい親爺の顔だ

その背からは鋭い目が
射抜いたように刺し
すばやく斧をふりおろす
自己の肉や赤い血を
うけつがれた命に
飽くこともなく灯し続けた母
あと幾許もない出自が
雨に打たれ続けている

風にのって

野をつらぬき
崖をよじのぼり
ひたすら走る
弛緩した皮膚をひきしめ
男たちに追いつき
走る
はばかるものを突き飛ばし
踏みつけ　蹴散らし

うぬ惚れにこころ乱し
眼をくもらせ

かすみ
先行く男たちに
突き飛ばされ
押しのけ　蹴散らされても
走る
跳びあがり
頭のうえを
ひょい　ひょいと
跳び越え　宙をかける

頬をなでる
山の風に酔いしれながら
走る
邪鬼のように
のたうち這いずりまわる

峠で見たのは
おおいなる山塊
抱かれて眠るチチ・ハハ

荷を肩にくいこませ
背負いながら
ひたすら走る

少年の夏

つゆ草　ぶとが噛む
稲が朝つゆにしっとりと濡れている

朝は草刈り
母親はひとり田畑を耕しながら
兄がシベリヤから帰ってくるのを
辛抱づよくまっていた

物憂い午後の倦怠
川底のすべるような感触の
泳ぎを充分たのしんで

少年は水からあがると
友達に別れをつげ
家路へといそぐ
家ではいくばくかの仕事がまっていた

畠へのみずやり
山で薪ひろい
やわらかな樹木の日差しのなかで
木々にのぼり　木をゆすり
日の暮れるのも忘れて遊ぶ

やがて陽が落ちると
繁った杉林のあいだが暗くなってくる
気がつくと蜩がいっせいに鳴きだす
いそいで荷をまとめ

さみしい山道を転がるように
うしろも見ずに家路へといそぐ

どこまでも　どこまでも駆けていく
少年の白いシャツが眩しい
瞼のうらの心象の夏

註・ぶと（「ぶゆ」ともいう）

宿り木

年齢に似合わず若いと言われて
よろこんでいる場合じゃない
記憶もわるくなってきた
喘息で死んだ親爺のこと
幼馴染みの女のこともおぼろげだ
歩くにまさる健康法なしと
近くの運動公園を歩く

冬になると姿をあらわすへんな奴
隠れ棲むということは
こういうことだったのか

あのときカラスが一羽　種をくわえて
空たかくまいあがっていったのを
知っているかい
逆扇形状にひろがる
落葉喬木メタセコイアの
空のてっぺん
冬枯れの枝にしっかり根付いて

鳥のさえずりのおとが聞こえるかい
かつてわたしの胸に
ふかく留めおかれたものよ
すう　すう
からだの中を吹き抜けていく
空よ　冬の陽よ
父よ　母よ

雪で汚れた泥んこ道でわかれた
あの日を忘れていまい

少年よ
こころの糧をくわえてゆけ

杣人と野の花

石ころばかりの荒れ地にも
かざらず　目立たず
時節がくれば　そっと可憐な花を咲かす
野の花

だれに種を蒔いてくれと
たのんだわけでもない
もっぱら風をたよりに
虫をよびこみ
鳥をあいてにたわむれ
雨にぬれ　かわきに耐え

ときに嵐にもだえ
種をとばし
ただひっそりと
結実することへのいとおしさ

野にあるあまたの草ぐさ
笹やぶ　雑木しげるほそい山道をいく
杣人にとっての一輪の野の花は
けがれのない安らぎ
かれらは労力を厭わない
汗をながし　自然と向き合う
いまはもう
山をかたることとてない杣人よ
生まれおち　出たるものの
かすかな望郷

こうこうと照りつける太陽の
初夏の真昼のまっぴるま
山百合は人知れず
けなげに可憐な花を咲かす

註・杣人（主に山仕事で生計を立てる人のこと）

波濤

波濤

一頭の白い馬が
走ってくるのが見えたという
後から　後から
雪より白い馬が数千頭
走ってくるのが見えたという
こちらに向かって
たてがみを立てて

背中になにを載せてきたのか
だれも気付かなかった
そして見えなかった

白い幻

おおくの船を持ち去っていったという
おおくの人を攫っていったという
悲しい貝殻のうた
愛しい人とのさびしい別れ
別れを拾い立ち去っていく人がいても
幼児を小脇にかかえ
ふたたび海へもどってくる人も
いるだろう

われら海びと
よみがえれ海

男

波をかぶって
放心したように立ち続けている男
遠方をじっと見ている
髭もじゃの顔をした男
するめいかのような顔をした男
くろい合羽に身をつつみ
長靴をはいている
身ひとつ　着替えさえない
どこにでもいそうな寂しい男がいて
長靴が臭う
作業員は横たわっている

汗臭い体臭
満ちてくるもの
引いてゆくもの
砂浜に一本の樹もなくて
あの日から電灯は消え
海は呆け　家族は行方不明
波が　こっちへ
おいで　おいでをする
海の底には死んだひとの魂が
声もなく沈んでいて

作業員が横たわっている
くたびれた長靴が見ている
沈み　浮き　たそがれていくのを
潮が満ち　引いていくのを

長靴は嗤う
男もつられて嗤う

幻影

きのう　アメリカ西海岸に流れ着いた　ふるい
漁船のなかに　なんと日本近海のイシダイが生
きていたという　二年数か月　かかって流れ流
れて　とんでもないところへ来てしまったよう
だ　浮いて沈んで　太平洋をまたいで八千キロ
一年半　名前の書かれたサッカーボウル　焼酎
の空瓶　漁場の浮き瓶　トレー　コンテナに積
まれたオートバイ　馬の死体こそないが　なん
でも流れてくる　プラスチックの風呂の板　椅
子　おおきな浮き桟橋までもが　ぷかりぷかり
始末におえぬ　ぞうとうひん　お召し物　おさ

がり　ぶたのしっぽ　埋める物は埋め　燃やす物は燃やさねばならぬ　海を渡るにわたれそうもないギンヤンマ　カナダ西海岸　遙遠の海さまよいつづけ　地殻変動が一夜にアトランティスを沈め　暮らしの残片があちこちに彷徨いカレンダーに○を書き　明日をのぞく　いったん壊れたものは　もとに戻すに　ぼうだいな時間がかかる　不確かな未来に　約束はあるか浮き　沈み

いまは気配だけが確たるもののような気がする　振り返れば　山　海　創造　すべてのものを打ち砕く　無残なるもの

群衆のなかの一人

見知らぬ街を行く
ぼくの前を　顔のけわしい
哲学者らしき風体の人が行く
哲学者の名前はすこしは
知っているけれど
もたれかかる思想があるわけでもない

民衆運動はなやかだったころ
あの頂点はどこだったのか
だれも黙して語らない
かれらは闘って死んだ

何年かまえの街は様変わり
ぼく等は群衆のなかにまみれ
陸橋を降り　交差点をわたり
見なれた街の
どこへ行きたいのか
考える暇さえないのかもしれない

電車が橋上駅に到着
乗客はホームを下へと降りていくものだと
思っていたが　鉄骨の階段は
上へ　うえへと繋がっている
見上げれば
商店街に通じる階段を夥しい数の人が
群がるように渡って行く

夥しい人　うごめく群集
くだけても　くだけても
浮いては沈み　沈んでは浮き
しつように浮きあがってくる
それぞれが異方向へ
集まればただの群衆
自己はいつも
大衆のなかに埋没してしまっているということか

一本の樹に

筆で水墨画をなぞるように
朝がゆっくりと明けてくる

男はなにも語らない
谷川の水で
しゅく　しゅくと米を研ぎ
薪の枝を折ってかまどにくべる

男は人里はなれた山中に
声をひそめてひっそりと暮らす
汗の沁みこんだ衣類が

無造作に掛けてある

さわがしい都会から
掃除機で吸い取るように
たくましい若者を連れ去っていって
根のない家屋が傾いていったりして

山里の朝
鳥の鳴く声
立ちのぼる青い煙あり
ところで　ひょんなことに
ひょっこり男がもどってきたりする

こっそり過ぎていく時間
あの世へ持ち越す記憶の残片

うつらうつらしながら
失われた青春の日を追っている
ああ　小さく　遠く

今日いちにちの
この明るさを忘れることのないように
山に立つ一本の樹になりたい

いちょう

北へとつづく並木道
どこまでいっても
黄色で埋めつくされている
季節風が
いちょうの葉をはがしとっているのだ

強い風が
刃物で衣類をようしゃなく
切りとっていく
いっしんにでもない
ていねいにでもない
ただ　されるままに

浮きあがってくる裸身は
ごつごつとして
先端は　とんがって
雲を切りさいて

舞い落ちる葉は
人にあたって
車にあたって
遠い旅路の果てに
どこへ

僕は
あっけらかんとした
何もない空にむかって
立ちつくすのだ

憂愁

憂愁

階段状に石垣があり　その上に
五、六軒の小さな集落がある
この先行き止まり
ここが
秘境と言えるかどうか

険しさ
遠さ
不便さ
自然がそのままなど
おいそれと人の行かれぬところを指すのか

求めていたのは渦巻く清流か
だが　ここの川には水が流れていない

電源開発という
川を堰き止める作業がもたらしたもの
木材を流し　魚を食し
山を染め　実りをうながし
川にもたらした恵み

吊橋に足をたらし
山を眺める
人っ子ひとり見かけない
ふしぎな静けさ

僻地

重畳する山々
屹立する断崖
この先　行き止まり
行き止まりを点検する
鉄道ならば盲腸線の終点
引き返すしか道がない

多少予期していたことではあるが
谷は深く
顔前に立ちはだかる山塊に息をのむ
美観をとおりこして

荒々しいだけだ
対岸のわれを呼んでみる
返事はかえってこない
川の音がさわさわと鳴った

谷あいに
忘れかねたように小さな集落がある
谷は赤く燃えに燃え
ゆんゆんと感傷だけがあふれて
そんなとき　今しがた大きな鋸を背負って
急峻な山道を一人の樵が登っていった
いつかはこういうところにと思っていたが
山を捨てた者には
叶えられるはずもない
引き返すほかなかった

険しさは貧しい山のくらしを
せりあげ　せりあげ
どこか気になる風景なんだが
だからときどき
このような僻地に立つ

古寺

あのころ
私はなぜあれほどまでに
あの仏像に恋焦がれていたのだろう

ふくよかな顔
やわらかな腰のひねり
微笑みかける月光菩薩
姿もなまめかしい日光菩薩
姿すがすがしい聖観音立像

白鳳の

風雪の
酷寒の
荒れ果てたさまの
金堂の
風化ばかりが目について

なにも語ってくれなくてもいい
静寂がいい
老いはまどろみ
幻想は
歳月を通りこして
ひとりここに佇む

頭上たかくそびえる東塔
ふところふかく風を入れ

空さえざえと
塔の先端に天女舞う
水煙がきらりと
すがた煌めかせて

文字

お寺の真昼
白壁の土塀に墨くろぐろと落書

無数の星のきらめき
地果てるところ
黄砂に埋もれようとしている街に
王はのたもうた
交易・牧畜・建築・天文・・・
「すべてを文字にしてつたえよ」と
月・馬・羊・人・石・木
象形文字から甲骨文字へ

甲骨文字から金文文字へ
風が風を呼び

時空を超え
遥かなる彼方より
来たるもの
ますます濃くなる春霞
黄砂か
さくらか
なにも見えぬ
見えぬ意志を
いまをこそ響く声を聞け
見えぬ大和を見よ
霞と化した七堂伽藍に

ときは　うつり流れ
むかしの大和をおもえば
いまも文字は
生きているか
死んでいるか

ポーター

登山家は
峰々の高貴さと空の深さを讃えるが
歩いてきた靴の汚れや汗の臭いをうたわない

登山家は
高山植物の可憐なさまと美しさを讃えるが
歩道に咲いていた卯の花や雑草のことはうたわない

登山家は
アイゼンやピッケルの鋭い金属片の美しさを讃えるが
身体を繋ぐロープや鎖のことをうたわない

登山家は
登山途中の渓流の水の冷たさや美しさを語るが
樹木に棲む動物のことは多くを語らない

山小屋へ数十キロもの雑貨を背負い送りとどける
歩荷のことを忘れてはなるまい　夕刻渓谷に近づ
くと　汗の臭いをかぎつけ虻の大群がくることを

註・ポーター　（荷物運搬人）
註・歩荷　（ボッカとよび重い荷物を高い山へ担ぎあげること、またはそのことを
職業としている人）

石垣の上の家

三十数年前
ここの造成地は
もと雑木林であった
蝶が舞い　百足《むかで》が這い　鍬形虫の楽園が
或る日　夢うつつに
数台のブルドーザーが
坂を駆けあがっていった

五月
一匹の蝶が
どこからともなくやってきて

木斛《もっこく》の木に
ひそかに卵をうむ
葉巻き虫とでもいうのだろうか
くる　くる　くると
　さかんに木斛《もっこく》の若葉を丸めていく
幾度となく薬剤を撒くが
まったくきかない

夏
涼しい風に
居間で心地よく寝ころんでいると
背中や腹の柔らかな部分の
ところどころに赤い斑点が
何がうまいのか
　吾が身をちくちくと刺す

畳をあげて大騒動
ところきらわず殺虫剤を撒く

秋

軒下から何千の蟻や
ちいさな虫の死骸が
　風に吹かれて飛び散っていく
たわいのない死
かすかな痛みを残して

残照

朋友が死んだ
積乱雲が空たかく
気流が激しく上昇する日
季節のなみに吸い込まれるように
三日も病まずに病院のベットのうえで

彼とは
同年輩で　同じ職場の同僚
最近　彼とはつかず離れずだったが
彼とは尽きせぬ拘りもあった
だが　同じ時代を共有する

ともし火のように
どこかで繋がっていたような気がする
遠いどこかで

日常はせせこましい男であった
たえずスーパーをのぞいたり
仕事のかえり　遊びに励み
終電車に乗り遅れたり
商才たくましく
休日には雑木林でカブトムシやクワガタを採り
百貨店へ売りに行ったり
休みがあれば
せっせと家事をしたり

空の彼方に一里塚が立っている

彼がたどっているであろう一里塚
はるかに
はるかに点点と
他人に話せぬ年齢となり
険しい時代をのこして
蕭然と彼は逝った
ふかい空のむこう
秋の気配をのこして

猫

隣の空き地
雨が降り
草が育っていく
青草を食べるバッタがいて
バッタを追う猫がいる

猫が選んだわけでもない
誰が選んだのでもない
日々がある
雀をくわえてくる
日々がある

蟬をとらえてくる
日々がある

猫は家など建てぬ
ましてや
ほこりなど気にしない
その日が今日であり
明日は明日なのだ

しんけんなのか
遊びなのか
さえざえとした
その目
尻尾をあげて
身体をすりよせてくる

抱きあげるごとに
獣であることを
忘れてしまっている

冬がもうすぐ

今日ひょっこり出会った甥の
化石の話に
ついはまり込んで
彼は　今しがた帰っていった
遠い寺の鐘
ぶあついレンズが鈍いひかりを放って
秋の夕暮れは　はやい
西の空に一番星みつけた
そちらの方向にむかって歩きだす
それぞれに違う世界をもっていて
離れがたい誘惑

捨てがたい感傷
話がひとの心をあたためる
好い友　そして残照
何かがそこで結実

ピラカンサの木の実が赤い

あとがき

気がつけば、先の詩集『山について』を出してから、二十数年が経過していた。その間、長い長い年月をただ無為に過ごしてきたように思う。

最近になって、親しい友人の励ましなどもあって、少し詩が面白くなってきた。意を決し、ひとつ詩集を纏めてみようという気持ちに傾いてきた。そこで、一昔前の詩誌をひっぱり出してきて見てみるのだが、これといった詩が出てこない。出てくるわけがない。作品作りには、その人の力量というものがあり、いくら力んでみても、自己の力だけのものしか出すことはできないと観念した。

詩集の中身に一貫性はなく、ただの自己主張にすぎないと思っている。当然、詩の多くは最近の作品となった。たいへんお世話になった第二次灌木、ガイア、現代京都詩話会のみなさんの、たいへんなご指導を、心から感謝申しあげると共に、詩集発行に際しまして、お力添えをいただいた左子真由美様に、心からお礼を申しあげる。

平成二十六年十二月

著者

中西　衛（なかにし・まもる）

1932年福井県に生まれる。
「ガイア」同人、「PO」会員、現代京都詩話会会員、日本詩人クラブ会員
関西詩人協会会員

著書　詩集『積乱雲』1987年　文童社
　　　　　『山について』1990年　近代文藝社

現住所　〒610-0121　京都府城陽市寺田大谷115-8

詩集　波濤

2015年　3月10日　第1刷発行

著　者　中西　衛
発行人　左子真由美
発行所　㈱竹林館
〒530-0044　大阪市北区東天満2-9-4　千代田ビル東館7階FG
Tel　06-4801-6111　Fax　06-4801-6112
郵便振替　00980-9-44593　URL http://www.chikurinkan.co.jp
印刷・製本　㈱国際印刷出版研究所
〒551-0002　大阪市大正区三軒家東3-11-34

ISBN978-4-86000-299-2　C0092